AF450058

SOMBRAS DEL PASADO

ExLibric

VIVIANA ECHENIQUE

SOMBRAS DEL PASADO

EXLIBRIC

ANTEQUERA 2022

SOMBRAS DEL PASADO
© Viviana Echenique
Diseño de portada: Dpto. de Diseño Gráfico Exlibric

Iª edición

© ExLibric, 2022.

Editado por: ExLibric
c/ Cueva de Viera, 2, Local 3
Centro Negocios CADI
29200 Antequera (Málaga)
Teléfono: 952 70 60 04
Fax: 952 84 55 03
Correo electrónico: exlibric@exlibric.com
Internet: www.exlibric.com

ISBN: 978-84-19520-26-5
Depósito Legal: MA 1630-2022

Nota de la editorial: ExLibric pertenece a Innovación y Cualificación S. L.

VIVIANA ECHENIQUE

SOMBRAS DEL PASADO

Capítulo 1

La casa quedaba en un barrio muy pintoresco. Estaba situada en un cerro, rodeada por una arboleda muy antigua. Se llegaba a ella a través de una escalera larga y estaba un poco abandonada a simple vista. Un destartalado cerco de alambre, casi ahogado por las rosas silvestres, limitaba el terreno y un portoncito torcido y maltratado daba acceso desde la calle. Desde ella se divisaba el resto de las casas, pues era la única que estaba en lo alto. Leticia decía que era su lugar en el mundo, solitario, silencioso con una vista incalculable.

Leticia no sabía qué quería decir la palabra *soledad*. Ella tenía compañía suficiente. Estaba Gaspar, su gato, y ella.

Leticia había salido a caminar bajo la cálida luz de aquella tarde de verano. Durante toda su vida recordó aquel paseo muy vivamente, tal vez por una cierta belleza misteriosa que hubo en él; pero más probablemente por lo que le sucedió al regresar.

Fue en uno de esos días celestes, calurosos, de principios de febrero, con unas amenazas de lluvia que no llegaban a cumplirse. Gaspar había estado todo el día recostado en el sofá de la salita. Allí estaba Leticia, sentada en un rincón mirando, observando a través de la ventana. Leticia se preguntó qué estarían pensando las personas que veía pasar. Solo deseaba tener con quien hablar.

Al ver que no tenía nada más que hacer se sentó en el viejo sillón, alto, cómodo y rojo, para empezar a leer su libro. A ella siempre le impulsaban las ganas de querer aprender más de lo que ya había aprendido. Gaspar, sentado a su lado, le tocaba el tobillo a Leticia. Era un gato blanco, con manchas marrones y unos ojos inmensos como los de una lechuza; tan suave, tan peludo y gordo. Leticia quería mucho a su gatito y, como decía muy a menudo con orgullo, ella misma lo había criado. Se lo había regalado una vecina al verla sin ninguna mascota a su alrededor y pensando que se iba a sentir menos sola. «Un regalo vivo es tan lindo —le dijo— porque sigue haciéndose cada vez más lindo».

De repente, Leticia soltó el libro y decidió salir a pasear. Una caminata solita junto a su alma en el atardecer gris; hacía tanto tiempo que no lo hacía… Subió a buscar su abrigo. Se puso el buzo azul con capucha entre sus largos cabellos brillantes y abrió la puerta con una sonrisa que se extendía sobre su rostro, lenta y sutil, maravillosamente. Era la sonrisa de su madre, le dijo una vez una vecina. Parecía ser la única herencia física que Leticia tenía de su madre. En todo lo demás era como su padre: los ojos grandes y marrones, esas pestañas largas y las cejas negras. Aunque tenía rasgos delicados en su rostro pequeño, su boca sensible y sus pequeñas orejillas.

Hacía tanto que Leticia no salía a caminar que estaba loca de alegría. Para Leticia era como un lugar mágico ese pedacito de ciudad, en donde paseaba, era libre y se expresaba a su manera, amaba la naturaleza y nadie más que ella se veía deslizándose por la ciudad.

De golpe, Leticia se quedó muy quieta y sin palabras, miró la cara del joven y se quedó tan quieta como si se hubiese convertido en piedra. De piedra se sentía. El efecto era tan extraño en ella que el joven se sintió incómodo y habló:

—Hola, ¿estás bien?

Ella suspiró con profundidad y se tomó su tiempo. Luego de un instante habló:

—Sí, gracias.

El joven bajó el escalón y la fue a tomar de la mano, pero Leticia lo miró y evitó su mano.

—¿Por qué me fuiste infiel?

Se quedó unos segundos observándolo. Él le apretó la mano con fuerza. Y se quedaron así, callados. No había nadie más. Era un misterio absoluto para Leticia.

Leticia lo miraba a los ojos; creía que podía ver su amor por ella, su arrepentimiento.

—No lo sé. Perdóname. Te amo.

Entonces la abrazó fuerte y se puso a llorar en sus brazos.

Leticia lo apretó con fuerza y lo acarició en la nuca. Sintió el impacto, el misil que acaba de dar en el blanco. Eso fue al principio; después, una explosión que le aflojó las piernas.

Nunca nadie había llorado en sus brazos, menos un hombre. El corazón de Leticia se partió en sollozos también y no paró de decir: «Yo también te amo». Lloró en silencio. Quedaron así durante un gran rato, sin decir una palabra.

—También te amo. No puedo perdonarte —dijo, seria y rompiendo el silencio.

Lo tomó en sus brazos y lo besó con amor. Luego subió corriendo las escaleras y entró a oscuras en la casa.

El joven sacudió la cabeza y se fue.

Leticia se sentó a oscuras en su cama, acariciando a Gaspar. En medio de su angustia de alguna forma había un cierto consuelo en sentir aquella piel peluda, esa cabeza suave en sus manos. Gaspar se cansó de que lo apretara tanto y se fue.

Leticia estaba sola ahora y con ese terrible dolor que parecía haberla inundado por completo y que no podría jamás deshacerse de él, que no se le iría por más fuerte que lo intentara. Aunque Leticia había heredado de sus antepasados algunas cosas: la fuerza de pelear, de compadecer, de amar profundamente, de disfrutar, de resistir; todas esas cosas se encontraban dentro de ella.

En el silencio de la noche se acordó de las palabras de su padre: «Todavía tienes que aprender qué bueno es el tiempo. Seguro que la vida tiene algo para ti; no te apresures, ve a su encuentro sin temer». Sintió que él la abrazaba con fuerza y se reía con la risa que a Leticia tanto le gustaba.

De pronto se dio cuenta de que ya no tenía miedo, de que no tenía más ese dolor insoportable, porque de verdad lo sintió a su lado como nunca; y se dio cuenta de que no estaba sola. «Ella piensa que no conoce esa palabra».

Su último recuerdo antes de dormirse profundamente fue el murmullo de una voz cortada: «Amarás profundamente, sufrirás, tendrás momentos gloriosos como los tuve yo».

Capítulo 2

Hace dos años, Leticia vivió el año más precioso de sus recuerdos. Fueron meses hermosos, alegres, no tristes. Y una noche, estando él sentado en una silla vieja en la salita, Leticia estaba a su lado, en el viejo sillón. Él simplemente dijo:

—Se terminó. No da para más.

Y se fue tan tranquilamente que Leticia no supo que se había ido hasta que de pronto sintió la extraña quietud de la habitación, ya que no había otra respiración más que la suya.

Leticia lloró toda la noche y no pudo dormir. Para cuando llegó la mañana, ya había derramado todas sus lágrimas. Estaba pálida y callada. Ahora se había terminado y ella jamás volvería a querer o confiar en alguien. Ese era el aguijón. Aguijón que envenenaba todo, tenía una naturaleza de la que incluso de niña no se recuperaba con facilidad, no de un golpe semejante.

«¡Soy importante para mí misma! —exclamó Leticia para sí, con orgullo—. Tan solo quiero… quiero que me quieran».

—Ahora no hay nadie que me quiera en el mundo —dijo, sentándose en la cama.

Pero estaba decidida a no llorar. Qué grande y vacío había quedado el mundo de pronto.

Por un momento pensó que se arrojaría sobre la cama a llorar. No podía soportar todo el dolor y la vergüenza que le quedaban en su corazón. Pero entonces su mirada cayó sobre el cuaderno rojo, que estaba en su mesita. Un minuto después Leticia estaba sentada sobre la cama, escribiendo con entusiasmo en el viejo cuaderno, con un pedacito de lápiz. A medida que sus dedos volaban sobre los renglones borrosos, se le colorearon las mejillas y le brillaron los ojos. Durante una hora escribió sin pausa, sin detenerse, salvo aquí y allá, para mirar por la ventana; todo mientras buscaba en la cabeza una palabra determinada que, cuando la encontraba, suspiraba feliz y seguía escribiendo.

Cuando sonaron los lejanos bocinazos de los autos de aquella tarde, el corazón de Leticia comenzó a latirle con fuerza, trayéndola al presente.

—Por favor, ayúdame —dijo—. Ayúdame a ser valiente.

El coraje y la esperanza inundaron su almita fría como una oleada de luz.

A la mañana siguiente, Leticia se despertó al alba. Por la ventana baja y sin cortina entraba el esplendor del amanecer. Soplaba un viento matinal dulce y fresco.

Se bajó de la cama, atravesó el cuarto y abrió la puerta. Gaspar se desperezó en la alfombra, se levantó y la siguió, refregándose contra los tobillos de ella. Leticia se fue a la salita, hundiéndose en el sillón de respaldo alto.

—Qué bien que pueda leer —dijo.

Los libros eran los amigos de Leticia, donde quiera que los encontrara. Fue de un salto a la biblioteca y abrió la puerta. Pero antes de que pudiera ver más que los lomos de unos libros bastantes gordos, encontró el viejo cuaderno rojo, lo abrió y lo leyó.

Se fue hacia el *living*, prendió la estufa y metió el cuaderno en el fuego.

El cuaderno comenzó a arder rápidamente. Leticia lo observó. Le pareció que parte de sí misma se quemaba con él. Pero debía dejar el pasado atrás, debía seguir adelante. Observó cómo se arrugaban y quedaban negras las hojas. Todo se esfumaba, como si fuera una cosa viva. Un renglón escrito apareció con toda claridad: «Lo amé con todo mi corazón». El cuaderno era un montoncito deshilachado sobre los carbones blancos. Leticia se sentó junto a la estufa y lloró. Sentía que había perdido algo de un valor incalculable. Jamás podría volver a escribirlas y, aunque pudiera, no se animaría; nunca volvería a escribir nada más sobre el amor. De pronto, con las lágrimas que le brillaban en las mejillas, Leticia escribió una línea en su cuaderno imaginario: «No tendré miedo. Lo volveré a intentar».

Capítulo 3

Leticia caminaba distraída por el camino y, de pronto, lo vio. Allí estaba él, acostado en el sendero, como esperándola. Se acercó, lo miró y se fueron a sentar al banco de la plaza.

Sintió la tentación de abrazarlo, pero rápidamente desechó esa idea. Esa hermosa sonrisa de él la atraía como los imanes atraen los metales. Se resistió y se quedó en silencio. Pero ella sabía dónde había empezado todo eso. Empezó esa mañana hacía dos meses. Leticia estaba feliz cuando, de repente, pasó al llanto, al dolor. Él la había engañado. Esa mañana ella decidió borrar para siempre esa palabra del diccionario. Esa palabra necesaria para expresar al otro su sentimiento. La palabra imprescindible para hablarle a los demás de un sentimiento profundo. Se sentiría libre sin pronunciar la palabra *amor*. Hasta podía escribir sobre el amor, pero sin pronunciarlo, sin hablar.

—A veces pierdo el amor y dejo de sufrir, de amarte. Sin amor yo me quedo, pero tú desapareces. Y, sin poder amarte, ¿cómo podría sufrir?

—Lo único que te puedo decir —dijo él— es que te amo con todo mi corazón. Traté de arrancar una rosa, pero no pude. Intenté hacer una flor de papel y no me salió. Entonces no se me ocurrió nada más para demostrarte mi amor. Solo sé que siento cosas maravillosas por ti.

Sin pensarlo, Leticia le agarró la cara y lo besó. Después se abrazaron fuerte. Se quedaron abrazados durante un rato, en silencio. Creo que los dos lo necesitaban. Qué bien se sentía Leticia después de eso; estaba tan feliz… El mundo tenía sentido otra vez.

Leticia y él estuvieron festejando la última vez que estarían juntos. Todo lo que hacían era la última vez. La última vez que se besaban, la última vez que se sentían, la última vez que se veían. Recordaron sus lugares favoritos, la primera vez que bailaron, el primer «te amo» que se dijeron. Hablaron sobre sus sueños.

A pesar de todo, ya había algo decidido, algo llegaba al final y no había vuelta atrás; estaba escrito en sus destinos. Era sin duda el final de algo hermoso y especial.

La pregunta era: ¿el comienzo de qué es ahora?

Lo único que él quería era tenerla entre sus brazos y dejarla llorar mientras ella lo necesitara.

—Te amo! —le susurró en el oído.

—¡También te amo! —le contestó entre llantos.

«No te vayas», se decía Leticia mientras él se iba caminando. «Te amo con todo mi corazón, siempre te amaré», se dijo Leticia. No se animó a gritarlo, y él se fue.

Los recuerdos volvían a Leticia al pasar por el banco de la plaza. Pero esta vez también significaba superación. Leticia no lo veía desde hacía un tiempo largo. «¿Cómo puede parecer que fue ayer ese día en el banco de la plaza?».

En momentos como ese no pensaba nada más que en él. Cerraba los ojos y sentía el corazón latir como loco; lo abrazaba fuerte y era tan fuerte lo que sentía que durante unos momentos le daban ganas de salir corriendo.

En ocasiones no existen palabras para expresar todo lo que se siente. No hay una palabra ni una frase que pueda expresarlo. Eso le pasaba a Leticia: no sabía cómo expresarlo.

Al llegar a su casa Leticia lo odió. Nunca había odiado antes a alguien, pero ahora sí. Al pronunciar esas palabras se acordó de su abuela, que le había dicho que era malo odiar si tan solo no te cae bien alguien. El odio oscurece el alma y los buenos sentimientos. Leticia decidió entonces que no merecía sentimiento alguno ni llorar por él.

Leticia se sentía caer dentro de un pozo y solo quería irse, alejarse de allí, de su casa, de su ciudad, de ese momento.

Capítulo 4

Era una mañana soleada y brillante de primeros de marzo, la fecha exacta en la que iba Leticia a dejar su casa para viajar. Se levantó temprano y se preparó un gran desayuno. Mantuvo el silencio mientras comía. Luego empaquetó unas pocas pertenencias, con su bolso en la espalda, y salió con alegría.

Inmadura pero con una fe y una confianza en la buena fortuna Leticia se fue de su casa esa mañana y caminó a lo largo de la dormida ciudad. Pero nunca se le pasó por la mente que muchos ya habían transitado por ese camino antes. Durante meses Leticia se sintió inquieta y ansiosa, antes de que llegara el momento de la partida. Ahora estaba en su viaje, mirando la ciudad ir desapareciendo en la distancia.

En su primer día sola —ahora estaba realmente sola— disminuyó la emoción y la energía. Un creciente sentimiento de desesperación cayó sobre ella. A través de la solitaria mañana se encontró deseando algún rescate, algún sonido de una voz familiar. Nada vino. Estaba sola.

El día silencioso dijo: «Ve a donde tú quieras; el día es todo tuyo». Caminó, extrañó que su gato Gaspar no caminara a su lado, el sonido de la calle, el sol de la ventana cayendo sobre sus muebles a través de la cama que había dejado. Todo le recordaba a su casa, aunque estaba a una distancia corta de ella.

El aire estaba impregnado de olores; algunos eran demasiados fuertes. Sacó el pañuelo del bolsillo y se sonó la nariz. Además del terrible concierto de olores, el calor excesivo del día hizo que Leticia se sintiera incómoda con su vaquero gastado y su camisa azul oscuro.

Leticia alquiló una pequeña pieza, muy alejada del centro de la ciudad. La ciudad era fría. Su habitación, más fría aún. Pero Leticia estaba enamorada de la vida y de sus propias ilusiones. El solo hecho de estar en un lugar diferente la llenaba de entusiasmo.

De pronto Leticia dejó de pensar en su amor perdido. El asunto dejó de tener importancia. Era como si hubiera sucedido hace tanto tiempo que nada salvo el mero recuerdo era lo que quedaba.

En esos momentos la soledad te hace bien. Puedes pensar tranquila, analizar tu vida.

Leticia salió a sacar fotos, por la lente lo vio, a él, junto a una chica, a lo lejos, a los besos perdidamente enamorados. De esas parejas que recién se forman y su amor es tan grande que parece que van a durar toda la vida. El dolor nuevamente inundó su ser. Un dolor seco, punzante, del que no daban ganas de hacer nada. Ni lágrimas. Solo aceptó. Antes de irse lo miró a los ojos. Al verlo se dio cuenta de que no era feliz. Sus ojos tristes la miraron. Claramente reflejaban su amor por ella. Esa felicidad era solo superficial; no lo sentía de corazón. Leticia lo sabía: no era feliz; él aún la amaba.

—Aunque intente demostrar lo contrario, estoy segura. Sus ojos no mienten.

A Leticia le dio mucha lástima, la verdad.

—Al único que engaña es a sí mismo.

Leticia se fue caminando sin mirar atrás.

Ese día, horas más tarde, le sonó el celular. «Usted tiene un mensaje de texto», apareció en la pantalla. El resonante timbre del celular cortó el silencio mientras Leticia leía y recibía un mensaje: «Me gustaría conocerte. Soy Diego».

Era solo que Diego estaba comenzando a mostrar interés en ella. Leticia no estaba segura de por qué. Al principio estaba sorprendida, pero luego pensó: «No temas, deja fluir». Era su corazón quien había hablado ¿No era eso lo que ella siempre decía? «El significado de pensar es saber todo, pero el corazón sabe la verdad».

Ahí ella vio una estrella fugaz. Cerró sus ojos y deseó… Lo había hecho. Por primera vez en su vida ella deseó volver a enamorarse. Para tener una segunda oportunidad, para no tener miedo, para vivir.

Leticia y Diego se habían conocido en un baile la noche anterior. Diego estaba bailando. Era un morocho deslumbrante. Su cuerpo se movía como al compás de una música remota. Se detuvo un momento y se rio. Mirándolo desde lejos, Leticia sonrió sorprendida. Cuando el joven se volvió y se dio cuenta de que lo estaban mirando, Leticia contuvo el aliento. Hubiera querido que él continuara haciendo lo mismo, que pensara que estaba solo, que actuara sin tener conciencia de lo que hacía. Pero se quedó inmóvil, como una presa ante el depredador. Se acercó lentamente. El joven no se movió. Leticia temía que acabara huyendo como un animalito asustado. Pero se quedó inmóvil como una estatua cuando ella se acercó. Sus ojos eran marrones y ligeramente café. Era tan lindo que ella apenas se atrevió a hablar.

—Hola —empezó a decir, tanteando el terreno.

El joven pareció relajarse.

—Hola —repitió ella.

El joven sonrió levemente.

Diego notó que los dos bailaban bien juntos. Ella no se aferraba con todas sus fuerzas, como lo hacían tantas chicas. Mantenía la distancia entre ellos y lo seguía con una sensibilidad que le hacía sentir como si hubieran bailado juntos durante años.

—Cuando era niña —le contó mientras bailaban— una amiga mía tenía una madre muy guapa. Yo quería ser así cuando fuera mayor.

Con una mano en la cadera de ella, Diego sintió cómo sus caderas se movían al compás de la música.

—La madre de esta amiga mía entró una vez en el cuarto, pues me había quedado a dormir en su casa, y le preguntó cómo se hacía para conquistar a un hombre. Me contestó que la cosa no podía ser más sencilla: todo lo que tenía que hacer era elogiar algo que llevara puesto. «Los hombres son muy vanidosos», me dijo. «Y las mujeres siempre olvidan eso. Dile que te encanta su camisa». El asunto consistía en elogiar su gusto. Me llevó unos años poner en práctica su consejo —confesó, riéndose—, pero nunca lo olvidé.

Diego la hizo girar y, cuando volvió, dijo:

—No has hecho ningún comentario sobre mi camisa. ¿No quieres seducirme?

Leticia estiró la mano para tocar su camisa, mirándolo a los ojos.

—Es la más hermosa que he visto en mi vida —le dijo, con firme convicción.

Diego la atrajo hacia él y le dio un suave beso en los labios. Cuando se separaron ella dijo:

—Has visto? No falla nunca.

Diego la llamó y la invitó a cenar. La pasó a buscar a casa. Cuando Leticia abrió la puerta, el corazón de Diego dio un vuelco. Había algo intensamente frágil en ella, algo que le impulsaba a abrazarla y protegerla del mundo.

—Me alegro mucho de verte —le dijo Leticia.

—Y yo.

Se quedaron sonriendo, sin tocarse, incapaces de ocultar la felicidad que sentían. «¿No es hermoso?», se repitió ella al sonreírle y mirarlo. Su rostro era increíblemente entrañable. Sintió deseos de tomarlo entre sus manos y no dejar nunca de mirarlo.

Salieron a comer, riéndose, cogidos de la mano; y volvieron del brazo. Leticia lo invitó a subir, pero él la dejó en la puerta.

Repitieron el mismo esquema las tres noches siguientes. Diego fue a buscarla, salieron a cenar y se despidieron con un beso en la puerta de la casa de Leticia. Pero cada noche Diego la conocía mejor.

Leticia terminó el postre y reanudó el tono serio de la conversación.

—¿Sabes una cosa? Todo lo que quisiste y nunca conseguiste. Todos los sueños que tiene la gente… no vale la pena pensar en ellos. Esta es la vida, este preciso momento.

—Pero a veces solo se puede vivir de los sueños.

Leticia lo pensó un instante.

—Creo que tienes razón. Pero si te aferras demasiado tiempo a ellos, se convierten en pesadillas. Yo digo que se vayan, que vuelen… —Hizo un leve gesto con la mano.

—Tienes que enseñarme.

A Diego le brillaron los ojos cuando se rio. Separó los labios y Leticia vio una dentadura perfecta. La lengua se le movía entre las dos hileras de dientes blanquísimos, tentándola. No podía apartar la vista de su boca. Estaba de pie junto a él. Leticia lo miró, con las cejas arqueadas, como inquiriendo. Diego se inclinó y la besó. Tenía los labios suaves como pétalos. Diego le sonrió con los ojos.

Regresaron a la casa de Leticia, incapaces de hablar, cogidos de la mano.

—Me gusta tu cara —dijo Leticia—. También la camisa —le dijo ella en voz baja.

Diego abrió los brazos y la abrazó fuertemente.

¿Cómo podía cambiar la vida? Ella y él podían ir a una isla, cogidos de la mano. Diego con un vaquero y una camisa negra.

Era una soñadora. No era más que una tonta y obstinada soñadora.

Capítulo 5

Cuando Leticia se despertó al día siguiente era casi mediodía. Lo primero que hizo fue sonreír; después se abrazó. Era domingo; no tenía que ir a trabajar y estaba enamorada.

«Soy su media naranja», pensó. Recordó el toque de sus labios, cómo no quiso que él apartara la boca y lo maravillosamente bien que la hizo sentirse.

Susurró el nombre de él y después lo pronunció en voz alta: Diego. Jamás había conocido a alguien como él.

Leticia se sorprendió de que él fuera tan sincero. Por alguna razón no le importó que él digiriera cosas que, por lo general, no le gustaba oír de los hombres. En lugar de enfriar su interés, su franqueza hizo que aumentara.

Al atardecer Leticia entendía a Diego de un modo más íntimo de lo que creyó que alguna vez pudiera entender a alguien.

—Solamente tuve un novio al cual amé con todo mi corazón.

Diego le soltó la mano, herido. No quería oírla decir esas cosas. Y, sin embargo, no deseaba que dejara de hablar. Debía saberlo todo, a pesar del dolor que le causaba.

—¿Y a mí me amas? —le preguntó con amargura.

Leticia lo miró perpleja. Después, con tono de reproche, dijo:

—¿Cómo me puedes preguntar eso?

—Perdóname.

Diego se calló y la tomó de las dos manos.

—Supongo que estoy celoso.

—¿Del pasado? —le pregunto, incrédula—. ¿Cómo puede ser? Con nuestro primer beso lo borramos todo y nos perdonamos mutuamente, ¿no?

La determinación que vio en los ojos de ella lo asustó.

—Sí —convino—. Todo está perdonado.

El lema de Leticia era: «¿Y yo misma quién soy?». Sabias palabras que al oírlas había decidido vivir de acuerdo a ellas, permanentemente libre a fin de ser fiel a sí misma.

Al enamorarse de Diego descubrió que la libertad era algo difícil de definir. Con él se sentía más ella misma. Sin él era un solitaria. La libertad de estar solos, aprendió, no nos hace libres.

Leticia tenía miedo. Su pasado le había dejado cicatrices de desconfianza aún mayores que las de él. Recordó su primer noviazgo. Tenía miedo de ser incapaz de amar y, a la vez, de amar demasiado, lo que significaría una traición. Diego era un compañero delicioso e interesante, y un amante apasionado.

Recordaba cómo le hacía sentirse el amor, como caminar sobre nubes de algodón. Recordaba también cómo Diego le había abierto las puertas a la vida, le había mostrado cosas y le había hecho experimentar por primera vez. La comida por ejemplo. Siempre había comido con gusto, pero Diego había refinado su natural glotonería con su apreciación más profunda. Una vez más le enseñó a prestar atención a todo en la comida: cómo iban juntos distintos platos, cómo se fusionaban las texturas, los colores y los sabores. Aprendió a distinguir los ingredientes en un plato compuesto y a lamentarse por el exceso de sabores en una comida sobrecalentada. Pero lo más importante de todo: le hizo tener conciencia del olfato, un sentido al que jamás había prestado atención. Le enseñó a tomar el mundo con todos los sentidos, no solo con los ojos y los oídos.

Aprendió que todos los tópicos sobre el amor son ciertos. Uno se lanzaba de cabeza al amor sin esperanzas, a detenerse. Y hacer el amor era también una expresión acertada; hacer el amor era la cosa más creativa del mundo.

Hasta el día anterior, la escritura había sido su vida. Ahora desaparecía ante esta fuerza más poderosa.

Leticia y Diego pasaron unos espléndidos meses de diversión antes de su primera pelea. Fue, en realidad, una pelea sobre la exnovia de Diego, a la que escribía por el móvil. Leticia se puso celosa y perdió los estribos enseguida. Diego se mantenía calmado. Leticia era muy fluida en sus furias y se inundaba de insultantes palabras que le arrojó a Diego. Habría hecho tastabillar a cualquiera. Pero Diego se sentía seguro, inocente como para dejarse amilanar así como así. Él también se arrojó, pero en un estilo frío, que era mucho más exasperante que la violencia. Cuando Leticia tenía que detenerse a tomar aliento en medio de sus ofensas, Diego, sentado en el sillón con las rodillas cruzadas, los ojos marrones y las mejillas rojas, interponía pequeñas réplicas sarcásticas que enfurecían aún más a Leticia. Esta estaba roja y sus ojos eran un fuego.

—Ni se te ocurra pensar que me vas a dominar a mí —gritó Leticia, como un ultimátum.

—No tengo intenciones de dominarte —replicó Diego.

Leticia se levantó y se fue. Se sentía muy mal, desilusionada. Diego había sido un novio espléndido, sin duda. Después de serenarse, Leticia fue a la ventana a escribir en su nuevo cuaderno rojo.

«Una no puede ser novia de una persona que no confía, que no cierra su relación anterior. Es imposible».

Además, Diego no podría perdonarla, porque Leticia era lo suficientemente honesta como para admitir que ella había estado muy insultante. Sin embargo, cuando a la mañana siguiente Leticia se levantó, allí estaba Diego.

—¡Hola! La bloqueé. No puede comunicarse más conmigo. Espero que ahora estés contenta —dijo con alegría.

Esto desconcertó a Leticia. Luego de su noche trágica, durante la cual había llorado y había asumido su soltería, no estaba preparada para una reconciliación tan rápida. En cuanto a Diego, parecía que la pelea no hubiera existido.

—Pero eso fue ayer —dijo, asombrado cuando Leticia, no con mucha distancia, hizo referencia a ella.

Ayer y *hoy* eran dos cosas completamente diferentes en la filosofía de Diego. Leticia lo aceptó; se dio cuenta de que no tenía otro remedio.

Para ella las cosas estaban destinadas a doler por un tiempo. Pero veía cómo Diego parecía olvidarse de una pelea apenas esta terminaba.

Hasta que el tiempo lo volvió normal.

Capítulo 6

En abril, cuando las hojas se desprendían de los árboles; en otoño, nombre poco apropiado para una estación sumamente romántica, o así le parecía a Leticia, cuyo amor por lo romántico y lo pintoresco fue colmado como no lo había hecho jamás, en esos largos atardeceres frescos, estrellados, hacia el comienzo de esta época.

En un rincón del jardín colocaron dos sillas. Leticia se sentó, miró a su alrededor, con una sonrisa de oreja a oreja. Diego se sentó a su lado.

Leticia estaba segura de que ninguna noche estrellada podía tener el encanto de aquella.

Ayudó a Diego a traer leña y luego este encendió el fuego. A veces Diego avivaba el fuego; a Leticia esa parte de la función le encantaba, enviando gloriosas chispas hacia la oscuridad. A veces lo revolvía con un palo largo y a veces se sentaba junto a Leticia y la besaba.

A Leticia eso era lo que más le gustaba, pues eran sorprendentemente buenos sus besos.

Formaban una extraña pareja y eran perfectamente felices juntos. Por un breve momento todo desaparecía y ellos vivían en un mundo ideal del cual nadie sabía nada. Ninguno de sus prósperos y sensatos vecinos habían vivido jamás un momento igual.

El aire fresco estaba lleno del agradable olor de las piñas que Diego había traído y arrojaba al fuego. El fuego resplandecía con un hermoso rojo y embrujaba la oscuridad. La inmensa oscuridad se extendía alrededor de ellos llena de misterios de la luz del día mientras el ciclo se cubría de estrellas.

Leticia siempre sabía cuándo llegaba Diego, porque al llegar al jardín silbaba su llamada, la que usaba solo para ella, una llamada graciosa y querida, que era como cuatro claras notas, la primera en tono medio, la segunda más alta, la tercera más alta que la anterior y la cuarta se perdía bajísima y muy dulce sostenida. Esa llamada siempre producía en Leticia un efecto extraño: le parecía que casi le quitaba el corazón del cuerpo y tenía que seguirla. Estaba segura de que Diego podía silbarle desde el otro lado del mundo con esas cuatro notas mágicas y que ella lo escucharía. Cada vez que la oía, cruzaba corriendo el jardín y abrazaba fuerte a Diego.

Diego se acostaba en el suelo y hacía dibujos a la luz del fuego de Leticia, que bailaba alrededor del fuego, dibujos de la carita vivaz y bigotuda de Gaspar, que espiaba desde el otro lado. Pasaron una velada maravillosa, ahí, ellos dos solos.

Capítulo 7

Leticia tenía una ardiente curiosidad por conocer a los padres de Diego y a su abuela. En términos generales, pensó que tenía ganas de ir y, cuando vio a Diego nervioso y ansioso, supo antes de que se lo dijera que la visita a la casa de Diego se realizaría, de modo que empezó a pensar qué atuendo sería el indicado.

Leticia estaba sentada. Pensaba que un viaje en ómnibus junto a Diego sería toda una aventura. Además de su primer viaje juntos. Pusieron una pequeña valija negra en la bodega y se fueron por la Ruta 5, el camino que los llevaría a conocer a sus suegros. Leticia se sentó en el ómnibus y observó las estancias y los campos cruzar. Pero pronto tomaron otra ruta y enseguida comenzó a ver autos y un grupo de casas agrupadas como un puñado de arroz.

Pudo ver una vida de tren atravesar el pueblo y un grupo de adolescentes jugando al fútbol en un campito. Leticia se quedó en su asiento hasta que el ómnibus siguió su camino. Era solo una hora más, se dijo así misma. Eso le había informado antes de salir Diego. «Luego de dos horas de viaje, ¿qué es una hora más?».

Siguió viendo el mismo paisaje monótono cruzar.

Vio aproximarse y agrandarse la casa por la ventana, a la luz del atardecer. Había una viejita de pie en la puerta. Diego bajó junto a Leticia y su valija al suelo. El guardia le dio la mano apresuradamente y susurró: «Suerte».

Atardecía cuando llegaron, un atardecer rosa que inundaba de color el horizonte tan lejano y hacía resaltar el camino. Miró a su alrededor y el nuevo entorno le gustó. Vio una gran casa blanca que espiaba a través de un velo de árboles viejos, árboles que habían amado y sido amados por muchas generaciones; un espejito de agua plateada que brillaba a través de los ceibos oscuros. Ese era un pequeño tajamar. Pero no fue nada de eso lo que le llamó más la atención, sino una ventanita alta, tan preciosa, tan amigable, que espiaba a través de los eucaliptos; y, justo por encima de ella, en el cielo, una luna nueva, real y dorada. Leticia estaba fascinada con el paisaje cuando escuchó:

—¡Conque esta es Leticia!

Leticia oyó una voz chillona y cascada. Sintió que una mano flaca, como una garra, tomaba la suya y la guiaba hacia la puerta.

—Tus suegros están en la sala de atrás —dijo—. Ven por aquí. ¿Estás cansada?

—No —dijo Leticia, siguiendo a Juana y observándola concienzudamente.

No era más alta que Leticia. Tenía un vestido largo azul con lunares blancos y los cabellos blancos grisáceos. Tenía más arrugas en la cara de lo que Leticia creía posible, y extraños ojos marrones.

Atravesaron la espaciosa entrada y Leticia pudo mirar con cuidado a ambos lados grandes habitaciones oscuras y espléndidas. Luego pasaron por la cocina y salieron a una extraña salita. Era larga y estrecha y tenía mucha luz, sobre un lado había una hilera de cuatro ventanas cuadradas y del otro lado había un armario del piso al techo. Leticia se sintió como una heroína en una novela, vagando a media noche por un túnel subterráneo con un guía. Se estremeció; era interesante.

Juana llevó a Leticia hasta otra puerta, la cual golpeó usando un delicado llamador de bronce que tenía forma de gato con una sonrisa tan irresistible que a una también le daban ganas de sonreír al verlo.

Alguien dijo:

—Adelante. —Y los tres bajaron otros cuatros escalones. ¿Habría otra casa más extraña que esa?

Entraron en una sala. Y allí por fin estaban los suegros, sentados en un sillón.

Leticia sintió una sacudida decepción. Después de oír sobre la belleza de Ana, su suegra, con sus cabellos castaños claros, sus resplandecientes y despiertos ojos marrones.

—¡Así que esta es la novia de Diego! —dijo, tendiéndole a Leticia una de sus manos relucientes, llenas de anillos.

—No seas tímida. Ven, siéntate, y charlemos.

—Conozco a tu madre. No hay nada de ella en ti, eso está claro. Beatriz es muy linda. Tú no eres tan linda como parecía en la foto, pero yo no esperaba que lo fueras. Jamás se debe confiar en las fotos.

—Por favor, mamá —dijo Diego.

—No me gusta que me digan que me parezco a otras personas. Me parezco a mí misma —dijo Leticia, decidida.

Ana rio.

—¿Rebelde, eh? Bien, nunca me gustaron las jóvenes dóciles.

—No, no lo soy.

Esta vez Ana sonrió. Los dientes se le veían extrañamente blancos.

—Bien. Tener cerebro es mejor que tener belleza; el cerebro dura, la belleza no. Como en mi caso, por ejemplo, nunca tuve ni cerebro ni belleza, ¿no es cierto? Vamos, vamos a cenar. Gracias a Dios que mi estómago no me abandonó, como la belleza —dijo Juana.

Con la ayuda del bastón, Juana subió los escalones y llegó a la mesa. Se sentó en una cabecera y Ana se sentó en la otra. Leticia y Diego quedaron en medio y, enfrente de ellos, Juan, su suegro. Leticia, sintiéndose bastante incómoda.

—Bueno, cuéntame. ¿A qué te dedicas? —dijo Juana

—Soy escritora.

—Bueno, aquí puedes escribir, decir y hacer lo que quieras. Tienes la casa a tu disposición. Ana, ¿te diste cuenta de qué lindas manos tiene Leticia? Tan lindas como las mías cuando era joven. Qué extraña suma somos todos. El resultado nunca es lo que uno espera —continuó Juana.

—Leticia, no eres ninguna belleza pero, si aprendes a usar de manera adecuada tus ojos, manos y pies, pasarás por bella. Los hombres son fáciles de engañar y, si las mujeres dicen que no eres bella, todos dirán que es envidia —dijo Ana.

—Los hombres en esta casa no hablan, eso también es importante —agregó Juana. Y se rio.

—Tienes los ojos de «ni te acerques». Aunque tus pestañas los contradicen un poco. Pero a veces unos ojos como los tuyos, combinados con otra cosa, son tan efectivos como los ojos de «te espero». La mayoría de las veces los hombres se guían por los contrarios: si le dices que ni se acerquen, ahí vienen. ¿Un poco de pan, Leticia?

—Sí, gracias —dijo Leticia, algo resentida.

No supo por qué tanto Juana como Ana rieron. La risa de Ana era agradable, una risa seca, áspera, pensó Leticia.

—¿Qué piensas de nosotras? —preguntó Juana.

—Vamos, dinos. ¿Qué piensas de nosotras?

Leticia se sintió muy incómoda. Justo estaba pensando en escribir en su cuaderno rojo imaginario que Ana parecía una bruja, pero no se podía decir eso; sencillamente no se podía.

—Di la verdad —dijo Juana.

—No es una pregunta justa —exclamó Leticia.

—Piensas —dijo Juana, sonriente— que soy una vieja espantosa. A mí tendrías que haberme visto hace setenta años. Era la más hermosa. Ah, qué estragos hice en mis tiempos. Lo único que lamento es no poder vivirlo otra vez. Fue una vida maravillosa, mientras duró. Yo era la reina. Las mujeres me odiaban, por supuesto.

Leticia comenzaba a sentirse cansada. Era interesante; la abuela Juana era buena a pesar de sus excentricidades.

—Leticia está cansada —dijo Ana—. Llévala a la cama, Diego. Dale el cuarto de huéspedes.

Leticia siguió a Diego a través de la salita de atrás. Atravesaron la cocina, luego subieron la escalera y cruzaron una gran habitación. Diego prendió la luz y le preguntó a Leticia si estaba bien.

—Claro.

—Puedes dormir hasta la hora que quieras de mañana, mi amor —dijo Diego—. Buenas noches.

Se despidió con un beso.

Capítulo 8

Leticia se sentó y miró a su alrededor. Las cortinas de la ventana eran blancas y las paredes ocre claro. Sobre el piso había una alfombra blanca cubierta de flores amarillas que Leticia casi tuvo miedo de caminar sobre ella. Decidió que la habitación era espléndida.

«Pero tengo que dormir aquí sola, así que debo decir con mucho cuidado mis oraciones», reflexionó.

Se puso el pijama deprisa, apagó la luz y se metió en la cama. Se tapó hasta el mentón y se quedó boca arriba, mirando el cielo raso blanco y alto. Se había acostumbrado tanto a la cama con Diego que se sentía extrañamente desprotegida en esa cama baja.

Leticia se sintió horriblemente lejos de todo el mundo. Se sentía sola y extrañada. Nunca antes Leticia había dormido sola en una casa extraña. De pronto, sintió miedo. Qué ruido hacía la ventana. Hacía un ruido horrible, como si alguien o algo tratara de entrar. Pensó si había un fantasma. A los fantasmas uno los podía oír y sentir, pero no ver; era algo especialmente tétrico. En algún lugar, un perro se puso a aullar de verdad. El suelo crujió. ¿Había alguien o algo caminando de puntillas al otro lado de la puerta? ¿No se había movido algo en aquel rincón? Se oyeron ruidos misteriosos en el largo corredor.

—No voy a tener miedo —dijo Leticia—. No voy a pensar en esas cosas.

Pero entonces sí oyó algo, justo al otro lado de la pared, a la cabecera de su cama. No era su imaginación. Oyó con claridad un ruido extraño, un murmullo, como de alas que cortaban el aire y otros ruidos suaves, bajos, ahogados, como gritos. Por momentos se callaban, pero volvían a comenzar.

Leticia se arrebujó debajo del pijama, helada de terror. Antes su miedo era un miedo superficial; ella sabía que no había nada que temer aun cuando tuviera miedo. Algo en ella la obligaba a soportarlo.

Pero esto no era un error, no era su imaginación. Los murmullos, los aleteos, los gritos eran demasiados reales. De pronto la casa se convirtió en un lugar espantoso, sobrenatural. Y ella estaba completamente sola allí, a kilómetros de distancia de la habitación de Diego, el ser humano más cercano. Era una crueldad de parte de Ana haberle dado un cuarto embrujado. Ay, si pudiera estar al lado de Diego. Si tan solo pudiera escribirle con el celular…, pero no había señal en toda la casa. «Tal vez no sea tan malo, si vuelvo a decir mis oraciones», pensó Leticia.

Pero ni siquiera eso la ayudó mucho. Hasta el final de sus días Leticia nunca pudo olvidar esa primera noche espantosa en la casa de sus suegros.

Estaba tan cansada que por momentos se quedaba dormida; pero a los pocos minutos se despertaba en medio del pánico, por los murmullos detrás de su cama.

«Ay, me voy a morir aquí. Me voy a morir de miedo, lo sé. Sé que soy una cobarde; no puedo ser valiente».

Cuando llegó la mañana, la habitación brillaba con la luz del sol y ya no había ruidos misteriosos.

Leticia se levantó, se vistió y halló el camino. No encontró a Diego; se había ido con su padre Juan.

Estaba pálida y ojerosa pero decidida.

—Buenos días. ¿Cómo dormiste? —le preguntó Juana, bondadosa.

Leticia ignoró la pregunta.

Ana estaba poniendo la mesa para el desayuno en la cocina, que a la luz del sol matutino se veía clara y alegre. En la ventana de la cocina estaba sentado un gato, lamiéndose muy satisfecho.

—Quiero irme a casa hoy —dijo.

Juana se la quedó mirando.

—¿A tu casa? Qué tontería. ¿Eres una niña de esas que extrañan?

—No extraño, no demasiado; pero tengo que irme a casa.

Juana golpeó el bastón en el piso con furia.

—Se quedará aquí, señorita. No tolero caprichos, Ana lo sabe, ¿verdad? Siéntate a tomar el desayuno y come.

Juana miró con dureza a Leticia.

—No me quiero quedar aquí —dijo Leticia—. No voy a pasar otra noche en esa habitación embrujada. Fue una crueldad ponerme ahí. —Leticia respondió a la mirada dura de Juana con otra mirada dura.

—¡Caramba! ¿Qué son esas tonterías de habitación embrujada? No tenemos fantasmas en esta casa.

—Tiene algo espantoso esa habitación; estuvieron toda la noche murmurando y gritando del otro lado de la pared, el de la cabecera de mi cama. No me voy a quedar, no.

A pesar de los esfuerzos de Leticia por contener las lágrimas, la ahogaron. Estaba tan alterada que no pudo evitar llorar. Lo único que le faltaba era un ataque de nervios.

Juana y Ana se miraron mutuamente.

—Tendríamos que habérselo dicho. Es culpa nuestra. Me olvidé por completo; hace mucho que nadie duerme en el cuarto de huéspedes. Con razón se asustó. Leticia, pobrecita, querida; tendríamos que habértelo dicho.

—¿Haberme dicho qué?

—De las golondrinas de la chimenea. Eso es lo que oíste. La chimenea sube justo por la pared de detrás de tu cama. No se usa nunca ahora. Las golondrinas hicieron nido allí. Y es cierto que hacen ruido, aletean todo el tiempo y se pelean.

Leticia se sintió tonta y avergonzada, pues su experiencia había sido en realidad muy dura.

Leticia no habló más de irse a su casa. Juana y Ana fueron muy buenas con ella ese día. Durante la tarde durmió una buena siesta y cuando llegó la noche fue directa al cuarto y durmió profundamente toda la noche. Los murmullos y los gritos se oyeron con igual claridad toda la noche, pero las golondrinas y los fantasmas son cosas bien diferentes.

—Después de todo, creo que me va a gustar la familia de Diego —dijo Leticia.

Capítulo 9

A Leticia le llevó varios días decidir si la familia de Diego le gustaba o no. Sabía que no le disgustaba, ni siquiera luego de pasar su primera noche.

—Hola, papá —comenzó Leticia, hablando por el teléfono fijo con su familia —. Hace cinco días que estoy en la casa de Diego. La primera noche que pasé aquí creí que no lo iba a pasar bien. Pero no fue así. El otro día Diego venía de los graneros, trayendo rebosantes baldes de leche y corrí hacia él, hasta el tambo que queda detrás de la cocina. Jamás había visto ni imaginado un lugar tan precioso. Es un pequeño edificio blanco en medio de un grupo de árboles de eucaliptos. El techo gris está salpicado de moho. Uno baja seis escalones bordeados de helechos, abre una puerta blanca con una ventana de vidrio y baja tres escalones más. Y entonces uno se encuentra en un lugar limpio, húmedo, fresco, con piso de *portland* y ventanas cubiertas con azulejos, y hay anchos estantes de madera a su alrededor, donde están los limpios y llenos recipientes de leche cubiertos con una capa de crema tan grasosa que es amarilla.

»Juana y Ana son muy buenas conmigo y me dejan hacer todo. Esto es muy agradable. Son muy sarcásticas entre ellas, se pelean mucho y se quieren mucho entre una pelea y otra. Juana no camina mucho por el reuma, así que casi todo el tiempo lo pasa sentada en la salita de atrás, lee, teje o juega a las cartas con Ana.

»Hablo mucho con Juana porque dice que le divierte, y que le cuente muchas cosas. Le conté cómo nos conocimos Diego y yo, mis metas en la vida, de mi libro que estoy escribiendo. Se rio mucho.

»Juana y Ana hablan mucho entre ellas de cosas que sucedieron en la familia. Me cuentan sobre las fiestas y los bailes que había aquí hace mucho tiempo.

»Ana me deja ir a la cocina a ayudarla a cocinar. Es una buena cocinera, pero a veces comete un error y eso irrita a Juana, porque a ella le encanta comer cosas ricas.

Juana a veces se enoja con Diego y habla mal de él. "No quiero que se digan cosas de Diego". Y le dirigí a Juana una mirada con ceño fruncido. Ella me dijo: "Si no quieres oír ciertas cosas, no andes cerca cuando Ana y yo hablamos. Me parece que hay muchas cosas que sí te gusta oír".

»Eso fue un sarcasmo, pero igual creo que Juana me quiere, aunque no sé si me seguirá queriendo por mucho tiempo. Diego dice que es voluble. Pero después de ser sarcástica conmigo siempre le ordena a Ana que me dé un pedazo de torta, así que a mí el sarcasmo no me importa.

»En casa como diferente, comida sana, porque es mejor para la salud. Juana dice que la mejor manera de estar sana es comiendo lo que uno tiene ganas y no pensando demasiado en el estómago.

Leticia hizo una pausa y luego continuó:

—Estoy en un aprieto terrible, no sé qué voy a hacer. Ay, papá. Rompí una copa de vidrio de Juana. Me parece una horrible pesadilla.

Ayer fui a la sala a leer y, justo cuando me iba, se me enganchó la manga en la copa, se cayó al suelo y se hizo añicos. Al principio salí corriendo y dejé los pedazos ahí, pero después volví, junté todo y lo escondí en una caja. Tal vez no noten la falta de la copa hasta que yo me vaya a casa. Pero me atormenta. No puedo dejar de pensar en eso todo el día y no puedo disfrutar de nada. Sé que Juana se pondrá furiosa y no me lo perdonará nunca, si se entera. Hoy Diego me dijo que yo estaba rara, que me estaba pasando algo.

»Ay, papá, este es un mundo extraño. Nada sucede nunca como uno espera. Estoy tan preocupada. Hoy me voy. Pensé que era una cobarde, haciendo algo solapado y no viviendo de acuerdo con mis ideales. Al final me puse tan mal que no pude aguantarlo. Puedo soportar que otras personas tengan una mala opinión de mí misma. Así que fui hasta la salita; Juana estaba allí, sola, jugando al solitario. Yo se lo dije rápido, para que pasara lo peor de una vez. "Ayer rompí su copa y escondí los pedazos". Entonces esperé a que estallara la tormenta. Juana dijo: "Qué bendición, tantas veces quise romperla yo misma, pero nunca me animé". Yo le dije: "¿No estás furiosa conmigo?". "No claro que no".

»Así que solucioné el problema, sintiéndome muy aliviada, aunque no muy heroica.

»Ay, papá, averigüé un misterio sobre Diego. Es tan terrible que no pude hablarlo, ni siquiera a ti. Yo no puedo creerlo, pero Juana dice que es verdad. No creo que existan cosas tan espantosas en el mundo. No, no puedo creerlo y no voy a creerlo, aunque digan que es cierto. Tiene que haber algún error en alguna parte. Me puse tan triste que siento que nunca más voy a poder volver a ser feliz.

Capítulo 10

La abuela Juana y Ana estaban acostumbradas a colorear sus días con los recuerdos de deleite y diversión antiguos, que habían muerto hace tiempo, pero que iban más allá y hablaban delante de Leticia de toda clase de historias familiares con total descuido. Amores, nacimientos, muertes, escándalos, tragedias, cualquier cosa que les viniera a las viejas cabezas. Y no se olvidaban de ningún detalle. La abuela Juana se regodeaba con los detalles. No olvidaba nada; ni los pecados ni las debilidades que la muerte había cubierto para quienes el tiempo había mostrado su misericordia eran cruelmente desterrados y analizados por esta truculenta anciana.

Leticia no estaba muy segura de que realmente le gustara. Era fascinante, alimentaba un apetito suyo, pero en cierto sentido le hacía sentir desdichada, como si hubiera algo muy espantoso escondido que saliera ante sus ojos inocentes. Como había dicho Ana, su juventud la protegía hasta cierto punto, pero no pudo salvarla de comprender, con tristeza, la lastimosa historia de la madre de Diego, en la mañana en la que Ana le pareció resucitar esa historia de angustia y vergüenza.

Leticia estaba arrullada, muy contenta en el sofá de la sala de atrás, leyendo que el mundo era maravilloso.

La abuela Juana estaba cansada de jugar al solitario. Apartó las cartas y tomó el tejido.

—Leticia —dijo—, ¿tú y Diego tienen intenciones de casarse?

Leticia, arrancada abruptamente de la lectura, puso cara de hastío. Los chismosos del pueblo a menudo hacían o sugerían esa pregunta, y ahora la pregunta venía a encontrarla a casa.

—No, seguro que no —dijo.

La abuela Juana lanzó una risita.

—Pensé que se le había pasado. Ya hace muchos años desde que su madre se fugó y abandonó a su padre. Pero Diego siempre fue necio en lo que fuese, amor u odio. Todavía no perdona a su madre. Por eso odia su recuerdo y tiene miedo de casarse y que tú le hagas lo mismo.

—Nunca supe los detalles de esa historia —dijo Ana—. ¿Quién era su madre?

—Florencia Morton. Tenía apenas veinte años cuando Juan se casó con ella. Él tenía treinta. Leticia nunca cometas la tontería de casarte con un hombre mucho mayor que tú.

Leticia no dijo nada. Había olvidado su lectura. Se le comenzaron a enfriar las yemas de los dedos y los ojos se le oscurecieron. Sintió que estaba a punto de resolver un misterio. Temió desesperadamente que la abuela Juana pasara a otro tema.

—Oí decir que ella era toda una belleza —dijo Ana.

La abuela Juana gruñó.

—Depende de los gustos, era bonita, sí, una de esas muñequitas rubias. Tenía una marquita de nacimiento en la ceja derecha, un corazoncito rojo, y yo no podía verle más que esa marca cuando la miraba. Ella era muy coqueta. Era una traviesa, siempre riendo, cantando y bailando; para nada la esposa ideal para Juan, claro. Y pensar que él pudo haber elegido a quien quisiera. Pero entre una tonta y una mujer sensata, siempre las tontas ganan. Yo encontré marido porque simulé ser tonta. Leticia, recuerda eso. Si tienes cerebro, disimúlalo.

—Sigue con lo de Florencia —dijo Ana, entusiasmada con el chisme.

—Bueno, ella tenía un amigo del liceo, un tal Leo. Tú te acuerdas, ¿no?, Ana. Leo era un hombre, muy buen mozo. Había estado enamorado de Florencia, según decían las malas lenguas. ¿Quién lo sabe? Las malas lenguas mienten nueve veces de cada diez, y cuando dicen la verdad es solo una verdad a medias. De todas maneras, ella aparentaba estar enamorada de Juan y él la creyó. Cuando Leo volvió y encontró a Florencia casada, se lo tomó con mucha calma, pero se lo pasaban juntos. Florencia tenía excusas; Leo era su amigo, se habían criado juntos; era como hermanos; ella estaba muy sola. Juan lo admitió todo, estaba tan enamorado que ella podría haberle hecho creer cualquier cosa. Ella y Leo estaban siempre juntos. Hasta que llegó la noche en la que Leo se iría a Estados Unidos para buscar un mejor futuro, y su dama Florencia se fue con él.

Un extraño miedo ahogado provino del rincón donde estaba Leticia.

Si la abuela Juana y Ana hubieran mirado con atención, habrían visto que la muchacha estaba blanca, como una muerta, con los ojos muy abiertos, llenos de terror. Pero ellas no la miraron. Siguieron tejiendo y hablando, divirtiéndose mucho.

—¿Cómo se lo tomó Juan?

—Cómo lo tomó nadie lo sabe. Lo que todo el mundo sabe es el tipo de hombre que ha sido desde entonces, eso sí. Ese día volvió a su casa al anochecer. Diego estaba dormido en la cuna y la niñera estaba cuidándolo. Ella le dijo a Juan que Florencia había ido a la terminal con Leo a despedirlo y que regresaría a las diez. Juan la esperó con toda tranquilidad; nunca había dudado de ella. Pero ella no regresó. Ya había decidido no regresar. Florencia se había ido con él, eso era lo que todo el mundo sabía. Juan no dijo nada que no fuera prohibir que volvieran a mencionar el nombre de ella en su presencia.

—Pero no fue el fin de la vergüenza y la desgracia que hizo caer sobre su casa —dijo Ana.

—Tonterías, si un hombre no sabe cuidar a su esposa, si se venda los ojos, Leticia, ¿qué pasa?

Pues Leticia estaba de pie.

—No lo creo —gritó, con una voz chillona y extraña—. No creo que la madre de Diego haya hecho eso. No lo hizo, no pudo haber hecho algo así. La madre de Diego no.

Salió corriendo de la habitación. Por un momento la abuela Juana sintió vergüenza. Por primera vez se le ocurrió que su vieja lengua adoradora de escándalos había hecho algo malo. Pero enseguida se encogió de hombros.

—No puede ir por la vida envuelta en una nube de algodón. En algún momento tendría que aprender que las espadas son espadas. Ana, no me pidas que te cuente más horrores de la familia delante de visitas, vieja escandalosa. ¡A tu edad! ¡Me sorprendes!

La abuela Juana y Ana retomaron el tejido y sus jugosas charlas. Y arriba, en el cuarto de huéspedes, boca abajo sobre la cama, Leticia lloró durante horas. Era tan espantoso: la madre de Diego se había fugado y lo había abandonado cuando era pequeño. Para Leticia eso era lo espantoso, esa cosa extraña, cruel, despiadada, que había hecho la madre de Diego. No podía creerlo; había un error en algún lado. Tenía que haberlo.

—A lo mejor la secuestraron —dijo Leticia, tratando con desesperación de encontrar alguna explicación—. Subió al ómnibus para saludar a alguien conocido y él la ató y se la llevó. Ella no pudo haberse ido por voluntad propia y dejar a su hijito querido.

La historia atormentó a Leticia. Durante unos días no pudo pensar en otra cosa; se apoderó de ella, atormentándola y acosándola casi con un dolor físico. Temía ver a Diego con esa conciencia de un oscuro secreto que debía ocultarle. Diego no sabía nada.

Leticia era tan sensible a la maldad y al dolor como a la belleza y al placer, y esto era espantoso y doloroso. Sin embargo, no podía pensar, día y noche. De pronto, la visita a la casa de sus suegros se echó a perder.

Juana y Ana dejaron súbitamente de contar historias familiares, incluso las inofensivas, en su presencia. Leticia empezó a sentir que se alegraba cuando ella estaba lejos, de modo que se mantenía aislada y pasaba la mayor parte del tiempo caminando de acá para allá. Solo otras horas más antes de irse hoy. No podía escribir en su cuaderno rojo. Persistía en ella la misma incredulidad. La madre de Diego no podía haberlo hecho y el ansia impotente de probar que no podía haberlo hecho. Pero ¿cómo probarlo? No podía.

Ella había resuelto un misterio, pero se había topado con otro más, la razón por la cual Florencia jamás había regresado a su casa aquel anochecer de verano de hacía tanto tiempo. Pues, a pesar de todas las evidencias en contra, Leticia insistía en su secreto convencimiento de que, fuera cual fuese la razón, no era que se había escapado.

Capítulo 11

De pronto, Leticia estaba ansiosa por irse. Guardó sus cosas en la valija negra con alegría y halló una excelente ocasión para introducir, con sentido de la oportunidad, cierto verso de un poema que hacía poco lo había leído y que había cautivado su fantasía:

—Adiós, nuevo hogar, nueva familia. Me vuelvo a casa —dijo con sentimiento, de pie en lo alto de la larga escalera, oscura y reluciente.

Cuánto se alegró ella de ver otra vez su hermosa casa, su hogar.

Leticia y Diego tenían tantas cosas de las que hablar que el camino a casa les pareció muy corto.

Su casa estaba blanca al sol del atardecer, que también brillaba con excesiva suavidad sobre las rosas silvestres.

Leticia entró a su casa, muy contenta.

—Supongo que extrañaste —dijo Diego.

Leticia miró a su alrededor, pensativa.

—Sí… —respondió, despacio—. Uno extraña la casa y sus cosas.

—Estás diferente —dijo Diego, con un suspiro.

Diego, después de todo, tenía razón. Leticia estaba diferente, estaba más alta y mayor en alma. Era este cambio el que sentía Diego, pues el afecto intenso y tierno siempre percibe esas cosas. La Leticia que volvió no era la Leticia de antes. La historia familiar que había contado la abuela Juana sobre la que había reflexionado, su persistente angustia sobre la historia de la madre de Diego, todo se había combinado para madurar su inteligencia y sus emociones.

Cuando fue al escritorio la mañana siguiente y sacó su precioso paquete de manuscrito para releerlos con amor, se asombró y se sintió hasta decepcionada, porque no eran ni la mitad de buenos de lo que ella había creído. Algunos eran una reverenda tontería, pensó; se avergonzaba de ellos tanto que los quemó. El resto los devolvió al estante de la salita. Sintió que muchos podían mejorarse. Algunos seguían pareciéndole bastante buenos, si bien ya no eran la magnífica composición que le pareció tiempo atrás. Entonces comenzó de inmediato a escribir un nuevo cuento. Era muy lindo estar otra vez en casa.

Leticia escribió más que nunca.

Era especialmente encantador escribir en una tarde de primavera, cuando la brisa suave silbaba afuera y se amontonaba en el jardín y en el parque las abejas buscaban el polen de cada flor. Era de noche. Acostada en la cama, observando una luna llena que relucía lustrosa desde el cielo despejado y se derramaba por la calle. Leticia tuvo una idea repentina y asombrosa. Enviaría su último cuento al diario que tenía un rincón de los cuentos, donde con frecuencia se publicaban cuentos originales. En su fuero interno, Leticia pensaba que los suyos eran tan buenos, y probablemente lo fueran, porque la mayoría de los cuentos del diario eran tristes y desprolijos.

Leticia se entusiasmó tanto con la idea que no pudo dormir durante toda la noche, y tampoco quería. Era maravilloso estar acostada, llena de emoción en medio de la oscuridad, imaginándose todo. Veía sus cuentos impresos firmados por ella, veía los ojos de sus padres resplandecientes de orgullo, se veía a sí misma al menos con un pie firmemente plantado en la escalera de la fama, con una perspectiva nueva y maravillosa que se abría a partir de ella.

Llegó la mañana. Leticia, con mucho esmero, escribió el cuento. Luego lo leyó en voz alta, encantada, sin omitir el título, *Sueño del atardecer*.

Al día siguiente, mandó el cuento y vivió en un hermoso éxtasis místico hasta el sábado siguiente. Cuando llegó el diario, lo abrió con ansiedad. Sus dedos congelados buscaron el rincón de los cuentos. Había llegado el gran momento. No había señales de ningún sueño del atardecer. Leticia arrugó el diario y corrió a la salita donde, boca abajo, sobre el viejo sofá, lloró su angustia y desilusión. Agotó la copa del fracaso hasta el final. Fue espantosamente real y trágico para ella; se sintió como si le hubieran dado una bofetada en plena cara, aplastada en el polvo de la humillación, y estaba segura de que no podía volver a levantarse jamás.

Daba gracias de no haber dicho nada a Diego; había estado tentada de hacerlo, pero se contuvo solo porque no quería estropear la sorpresa del momento en que le mostrara el cuento con su firma.

—No les pareció tan bueno como para publicarlo, eso es lo que me duele. A Gaspar no le gustó nada —dijo Leticia, mirando a Gaspar.

Le llevó una semana recuperarse del golpe.

Pero me preguntó si alguna vez pudo de verdad perdonarlos, incluso luego de releer un año después *Sueño del atardecer* y preguntarse cómo en algún momento pudo haberle parecido bueno.

Este tipo de cosas sucedían ahora con frecuencia. Cada vez que leía su pequeño tesoro de manuscrito encontraba algunos que había convertido en hojas secas, aptas solo para ser quemadas. Leticia los quemaba, pero le dolía un poquito. Dejar atrás las cosas que amamos nunca es un proceso placentero.

Capítulo 12

Leticia experimentaba los dolorosos momentos en los que el verdadero artista descubre que: «Nunca sobre la tela del pintor vive el encanto que ha soñado sin fantasía».

Quemó muchas de las cosas de antes. Pero la pequeña pila de manuscritos que estaba en el escritorio se hacía cada vez más grande, cada vez que Leticia guardaba allí sus garabatos.

A menudo cuando estaba acostada, en el silencio de la noche, pensaba averiguar más sobre la madre de Diego. No le quedaba nada por averiguar excepto lo más importante, eso que ni ella ni ningún ser viviente sabía. Pues Leticia jamás había abandonado su convicción de que nadie conocía la verdad sobre Florencia Morton, y se quedaba dormida deseando intensamente poder resolver ese misterio antiguo y oscuro, y descubrir esa leyenda de vergüenza y dolor.

Leticia iba a escribir un poco más de su cuento *El fantasma del pozo*, en el que estaba tejiendo la vieja leyenda del pozo en el campo de Julio Goday. Pero por alguna razón le faltaban ganas. La vieja leyenda del pozo contaba que hacía cuarenta años dos hermanos, Andrés y Julio Goday, vivían en una casita pegada a la casa de los padres de Diego. Habían cavado un pozo. Era un pozo muy profundo, cerca de una cañada. Los hermanos habían encontrado un manantial. Entonces le pusieron piedras a la pared del pozo. Pero el trabajo no continuó. Andrés y Julio discutieron por una diferencia de opinión sobre qué tipo de brocal debían ponerle. No se pusieron de acuerdo nunca. El brocal no se construyó nunca. Andrés falleció y Julio tapó el pozo. Se decía que el fantasma de Andrés se aparecía en el pozo, pero nadie podía asegurarlo.

Volvió a poner el manuscrito en el escritorio y se puso a releer uno de sus manuscritos. Le llamó la atención que esto no le alegrara más. Estaba cansada, le dolía la cabeza. Leticia no recordaba haber tenido dolor de cabeza nunca. Ya no podía escribir. Decidió acostarse. De repente, abandonó el sueño, disgustada, y se puso a pensar otra vez en la madre de Diego, mezclando sus pensamientos con inquietantes especulaciones sobre el clímax de su cuento, sobre el fantasma del pozo, confundida con sus desagradables sensaciones físicas.

Cuando movió los ojos, le dolieron. Tenía frío, aunque ese día hacía calor. Seguía tendida en la cama cuando Diego subió a preguntarle por qué no había hecho la cena.

—No… no sabía que era tan tarde —dijo Leticia confusamente—. Me duele la cabeza, amor.

Diego corrió la cortina y miró a Leticia. La vio muy colorada y le tomó el pulso. Entonces le indico que se quedara acostada y llamó inmediatamente a un médico a domicilio.

—Probablemente sea neumonía —dijo el doctor, tan enfurruñado como de costumbre. Leticia no estaba todavía tan enferma como para que él se pusiera cariñoso.

—No te preocupes por Leticia. Mantenla calentita. Vendré a verla mañana por la mañana. Le indico una medicación —continuó diciendo el doctor a Diego.

Diego cuidaba mucho a Leticia y dormía en un sofá que puso en la habitación. Leticia estaba cada día más enferma, y al quinto día empeoró. La fiebre le subió mucho y comenzó a delirar. El doctor fue a verla, cambió de expresión, frunció el entrecejo y cambió la medicación que le había indicado.

—Mañana de tardecita vuelvo. Leticia está muy inquieta. Ese organismo excitable suyo evidentemente es muy susceptible a la fiebre.

—Dígame, doctor, francamente, ¿hay algún peligro? —preguntó Diego.

—Siempre hay peligro con una neumonía. No me gustan estos síntomas. Tiene mucha fiebre, pero no creo que debamos alarmarnos por ahora. Mantenla lo más quieta posible, complácele cualquier capricho, si puedes; no me gusta esa intranquilidad mental. Parece muy alterada, como si algo la estuviera preocupando mucho. ¿Ha tenido algo en la cabeza últimamente?

—No, que yo sepa —dijo Diego. De pronto se dio cuenta, con temor, de que en realidad él no sabía mucho de la mente de Leticia. Leticia nunca le había contado sus problemas, sus preocupaciones.

—Leticia, ¿qué es lo que te preocupa? —preguntó el doctor con suavidad, con mucha suavidad.

Tomó la mano caliente y agitada, con su gran manaza, con mucha delicadeza. Leticia levantó la mirada, con los ojos muy abiertos, brillosos por la fiebre.

—Ella no pudo haber hecho eso, no pudo haber hecho eso.

—Claro que no pudo —dijo el doctor, animadamente—. No te preocupes, no lo hizo.

—¿De quién hablas, amor? —le preguntó Diego.

Pero Leticia estaba en otra parte.

—El pozo del campo de Julio Goday estaba destapado —dijo—. Alguien iba a caerse adentro. ¿Por qué el señor Julio no lo tapaba?

El doctor dejó a Diego tratando de tranquilizar a Leticia sobre el pozo y se fue deprisa.

Llamaron los padres de Leticia. Diego contestó al teléfono.

—Ha delirado mucho —dijo Diego—. Cómo quisiera saber qué es lo que le preocupa. Hay algo. Estoy seguro. No es nada más que un delirio. No deja de repetir: «Ella no pudo haberlo hecho», con una entonación tan implorante.

Los padres de Leticia no supieron responder las intrigas de Diego.

Diego se sentó junto a la cama. Estaba pálido y agotado por su propia preocupación y el cansancio, porque no había podido dormir. Amaba a Leticia y el miedo espantoso que se había apoderado de su corazón no lo dejaba ni un instante.

Leticia cayó en un sopor agitado, pero duró hasta que el gris del alba penetró por la ventana. Entonces abrió los ojos y miró a Diego, miró a través de Diego, miró más allá de Diego.

—La veo venir por los campos —dijo con voz alta y clara—. Viene tan contenta, cantando. Piensa en ti, hijito. ¡Ay, apártela! ¡No, del pozo! ¡Está tan oscuro que no lo ve! ¡Ay, se cayó! Se cayó dentro del pozo. ¡¡Se cayó!!

La voz de Leticia subió hasta convertirse en un grito.

Diego trataba de calmar a Leticia, que luchaba por incorporarse en la cama. Tenía las mejillas rojas y los ojos seguían con esa mirada distante, enloquecida.

—Leticia, Leticia, mi amor. El viejo pozo de Julio Goday no está destapado, no cayó nadie dentro del pozo.

—Sí, se cayó —dijo Leticia con voz aguda—. Ella se cayó, la vi con el corazón en la frente. ¿Piensas que no la conozco?

Cayó sobre la almohada, agitó las manos que Diego le había soltado de la sorpresa.

Diego estaba desolado y hasta aterrorizado.

—¿A quién viste, Leticia? —preguntó Diego.

—A tu madre. Yo siempre supe que ella no había hecho esa cosa tan espantosa. Se cayó en el viejo pozo, está ahí ahora. Ve, ve a buscarla, Diego, por favor.

—Sí, sí claro que la sacaremos, amor —dijo Diego, tranquilizador.

Leticia se sentó en la cama y miró otra vez a Diego. Esta vez no miró a través de él, sino dentro de él. Diego sintió que sus ojos ardientes le leían el alma.

—Me estás mintiendo —gritó Leticia—. No vas a ir a tratar de sacarla. Lo dices para que me calle. Diego —rápidamente se volvió y le tomó la mano a Diego—, tú lo harás por mí, ¿verdad? Vas a ir y la vas a sacar del viejo pozo, ¿verdad?

Diego recordó que el doctor había dicho que había que complacer a Leticia con sus caprichos. Estaba aterrado con el estado de Leticia.

—Sí, la sacaré, si todavía está ahí —dijo.

Leticia le soltó la mano y se dejó caer. La mirada desesperada desapareció de sus ojos. Una gran calma repentina se apoderó de su carita angustiada.

—Yo sé que mantendrás tus palabras —dijo Leticia.

Diego salió de la habitación y se puso la camisa con dedos temblorosos.

Poco después, cuando Leticia había caído en un sueño tranquilo, llamó a su padre.

—Diego ¿no estarás pensando en serio hacer revisar ese viejo pozo? —preguntó Juan.

—Sí —dijo Diego, resuelto—. Sé que es una tontería, lo sé tan bien como tú. Pero tuve que prometérselo para tranquilizarla, y cumpliré mi promesa. Y lo haré, papá. Después de desayunar ve a lo de Julio Goday y pídele que me llame.

—¿Cómo se enteró Leticia de la historia? —preguntó Juan.

—No lo sé, alguien se lo contó; tal vez la abuela Juana. No importa quién fue. La conoce y la cuestión es mantenerla tranquila.

—Se reirán de nosotros por tontos —protestó Juan, cuya porción de orgullo se rebelaba violentamente—. Además, no quiero reabrir ese dolor.

—No importa, cumpliré la palabra que le di a Leticia —dijo Diego empecinado.

El doctor fue al atardecer. Estaba cansado, porque había trabajado noche y día más de una semana; estaba más preocupado por Leticia de lo que quería admitir.

Leticia estaba sentada en el sofá, con la cabeza sobre el mueble. Él no le veía la cara, pero supo que estaba llorando. Diego estaba sentado en una silla, y él también había estado llorando.

El doctor nunca adjudicaba demasiada importancia a las lágrimas de una mujer, ya que son fáciles, pero que Diego llorara…

—¿Qué pasa? —exclamó con la mayor rudeza.

Entonces le contaron la historia, lo que había encontrado Juan en el fondo del viejo pozo de Julio Goday. Le contaron cuál había sido el destino verdadero de la madre de Diego, de la joven esposa amante, risueña, cuyo nombre no había cruzado los labios de Diego nunca.

—Leticia, ¿tienes conciencia de lo que has hecho por Diego? —preguntó el doctor.

—¿Por qué? ¿Qué hice?

El doctor se dio cuenta de que ella no recordaba su delirio. Diego le había dicho que había dormido mucho y muy profundamente luego de la promesa de Diego y que, cuando se despertó, ya se le había ido la fiebre. No había preguntado nada y Diego no le había dicho nada.

—Cuando estés mejor te lo contaré todo —dijo Diego, sonriéndole. Había mucha pena en su sonrisa, pero también mucha dulzura.

«Ahora sonríe con los ojos, además de con la boca», pensó Leticia.

—Pero ¿cómo lo supo? —le susurró Diego cuando el doctor se iba—. No puedo entenderlo, doctor.

—Tampoco yo. Estas cosas están más allá de nosotros, Diego —le respondió él, serio.

—Doctor, lo único que sé es que Leticia me ha devuelto a mi madre, sin mancha y adorada. Es obvio que a Leticia le contaron lo de mi madre y le preocupaba la historia, eso lo demuestra esa frase que repetía. Ella no pudo haberlo hecho. Y las historias del viejo pozo de Julio Goday naturalmente causaron una fuerte impresión en la mente de Leticia. En su delirio mezcló todo y el resto fue pura coincidencia.

Capítulo 13

Para cuando se consideró que Leticia estaba lo bastante fuerte como para enterarse de la historia, la conmoción había pasado.

Lo que hallaron en el viejo pozo de Julio Goday fue enterrado y levantaron una lápida de mármol blanco. «A la sagrada memoria de Florencia Morton, amada esposa y madre».

La primera tarde que se permitió a Leticia salir a caminar, Diego le contó todo. Su manera de contar le quitó para siempre las dudas e intrigas.

—Yo sabía que tu madre no podía haber hecho eso —dijo Leticia, con aire triunfal.

—Ahora nos sentimos culpables por nuestra falta de fe —dijo Diego—. Nosotros también tendríamos que habernos dado cuenta de que no era posible, pero en ese momento todo parecía en su contra. Era una mujer hermosa, vivaz, alegre; su amistad con el amigo le parecía natural e inofensiva a papá. Ahora sabemos que así era, pero todos estos años desde su desaparición pensamos diferente. Julio Goday recuerda claramente que el pozo estaba destapado la noche de la desaparición de mamá. Esa noche el hombre que él contrataba había retirado las tablas podridas que lo cubrían, pensando en poner unas nuevas enseguida. Pero entonces se olvidó y el hombre no dijo nada sobre el pozo hasta la mañana siguiente. Julio Goday se enojó con él, le dijo que era un disparate dejar un pozo destapado de esa manera. Fue enseguida y él mismo puso las tablas nuevas. No miró dentro del pozo. De haberlo hecho, no hubiese visto nada, porque los helechos que crecían en las paredes cubrían el fondo. Él nunca relacionó la desaparición de mamá con el pozo destapado, y ahora no puede dejar de pensar cómo no se le ocurrió. Pero hubo tantos rumores maliciosos y se sabía que mamá había subido al ómnibus. Se dio por sentado que no había bajado. Pero había bajado, y se encaminó a su muerte en el viejo pozo de Julio Goday. Fue un fin terrible para una vida luminosa y joven.

»Lo que me quedó fueron unas lentes oscuras con las cuales mamá ocultaba sus bellos ojos. Es lo que encontraron junto a su cuerpo. Mi padre lo reconoció, es el único objeto que guardo de mi madre; sus lentes oscuras es lo único que me queda de ella. Aquella mujer que a través de sus gafas podía interpretar el alma de las personas que se acercaban a ella. A lo largo de estos años hemos sido injustos con ella. Pero, amor, ¿cómo pudiste saberlo?

—No lo sé. Cuando vino el doctor aquel día yo no podía acordarme de nada, pero ahora me parece que sí recuerdo algo, como si lo hubiera soñado, como si lo hubiera visto. Tu madre venía caminando por el campo, cantando. Estaba oscuro; sin embargo, yo alcanzaba a ver el corazón en la frente. Ay, no sé, pero no me gusta pensar en eso.

—No volveremos a tocar el tema —dijo Diego, con suavidad—. Es una de esas cosas, de esas cosas que es mejor no hablar, uno de los secretos de Dios.

—¿Cómo está tu padre? —preguntó Leticia.

—No le ha quedado el menor resentimiento por su abandono.

—El amor hace milagros —dijo Leticia con suavidad.

—No sabía que se puede ser tan feliz como lo soy yo ahora —dijo Diego.

Diego ahora sabía a ciencia cierta que su madre había sido la mujer más sabia y justa; entendió cada gesto y cada palabra de afabilidad con la cual se expresaba todo ser. En su alma solo existía la generosidad, así que Diego, durante los últimos años de su vida, permaneció indagando sobre su madre para aprender más de ella, lo que la hacía tan especial. Lo que él nunca entendió es que su madre tenía un alma pura y podía leer los ojos, que eran el reflejo del alma de todo ser humano.

Capítulo 14

La convalecencia de Leticia fue lenta. Físicamente se recuperó con rapidez, pero durante un tiempo persistió una especie de languidez espiritual y emocional. No se puede descender a las profundidades de lo oculto y eludir el castigo. Era como si una fuente de energía vital se hubiera agotado y debiese volverse a llenar despacio.

Fue una suerte para Leticia que Diego estuviera durante esos días. La compañía de él era precisamente lo que necesitaba, y la ayudó de una manera maravillosa en el camino hacia la recuperación absoluta. Iban juntos en largas caminatas. Exploraron lugares y caminos que Leticia no había visto antes. Vieron como una luna nueva se hacía vieja noche tras noche, vieron levantarse las estrellas y Diego le contó todo sobre ellas: las grandes constelaciones de los mitos antiguos. Fue un mes maravilloso.

Una tarde, el tío de Diego, José, escritor reconocido del diario y de mucha lectura, le pidió que le permitiera ver algunos de sus cuentos.

—Déjame ver tus cosas. No te dejaré desperdiciar años de tu vida luchando por alcanzar lo inalcanzable; al menos no quiero esa carga sobre mi conciencia. Si hay algo prometedor en lo que escribes, te lo diré con honestidad. Veré si hay señales de que puedes continuar.

Esa tarde Leticia pasó una hora eligiendo, rechazando.

Al día siguiente fue a ver a José. Estaba nerviosa y asustada. Tenía un respeto enorme por la opinión de José.

Diego le había dicho que siguiera, pero tal vez solo había querido alentarla porque la quería y no deseaba herir sus sentimientos.

Leticia sabía que José, aunque la quisiera igual, amputaría sus aspiraciones sin piedad, si consideraba que no había en ella raíces que valieran la pena. Si, por el contrario, le daba ánimos, ella se contentaría con eso e iría contra el mundo, sin perder jamás las fuerzas ante cualquier crítica futura.

No era de extrañar que ese día pareciera cargado de una importancia enorme para Leticia. Toda su carrera futura, creía ella, dependía de ese veredicto.

Un suave silencio soleado se instaló en la vieja sala de la casa de José. José tomó el paquetito que le dio Leticia y se sentó en el viejo sofá marrón, delante de ella, mirándola. Se colocó las lentes y comenzó a leer o, mejor dicho, a ojear, dejando caer comentarios y exclamaciones dirigidos a ella mientras Leticia cruzaba sus manos, heladas, y pasaba los pies alrededor de las patas de la silla para no temblar. Era una experiencia horrible. Deseaba no haberle dado sus cuentos a José. Eran malos, por supuesto que eran malos. Recordaba lo que le pasó con el rincón de los cuentos.

Su rostro era como una estrella pálida y clara.

—Tendrás que estudiar el arte de los títulos, Leticia. Tus títulos no son buenos.

—Sí —dijo Leticia con suavidad.

Luego de leer todo el paquetito que le dio Leticia dijo:

—Y ¿esto es todo?

José hizo a un lado las hojas, dobló los brazos y miró a Leticia por encima de sus lentes.

Leticia le devolvió la mirada, ruda, sin nervios.

—Un par de párrafos buenos, Leticia, muy buenos, y todo el resto no sirve para nada, Leticia. Para nada.

—Me… imagino —dijo Leticia, en un hilo de voz.

Los ojos se le llenaron de lágrimas y le temblaron los labios. No pudo evitarlo. El orgullo quedaba desesperadamente hundido en la amargura de su desilusión. Se sintió exactamente como una vela que alguien acaba de apagar.

—¿Por qué lloras? —preguntó José.

Leticia se secó las lágrimas y trató de sonreír.

—Lamento… Lamento que le hayan parecido malos —dijo.

José dio un golpe sobre la mesa.

—¿Que me parecieron malos? ¿No te dije que había un par de párrafos muy buenos?

—¿Quiere decir que… después de todo…? —La vela volvía a arder.

—Claro que quiero decir eso. Si a esta edad eres capaz de escribir párrafos muy buenos, en unos años escribirás diez veces esa cantidad.

»Tampoco te creas un genio. Yo creo que hay algo que quiere expresarse a través de ti, pero tendrás que convertirte a ti misma en un buen instrumento. Tienes que trabajar mucho y sacrificarte.

Estaba tan feliz que su felicidad le salía de todo su ser, como un verdadero resplandor. Vio su futuro maravilloso, brillante: la prometedora joven escritora.

—Pero ¿sabes lo que te espera? Las montañas pedregosas, con ascensos empinados, los desalientos. Quédate en el valle, si eres sensata.

»Leticia, ¿por qué quieres escribir? Dame una razón.

—Quiero ser famosa —dijo Leticia, con calma.

—Como todo el mundo. ¿Eso es todo?

—No, me encanta escribir.

—Es una razón más verdadera, pero no es suficiente. Dime una cosa, si supieras que vas a ser pobre toda tu vida, si supieras que nunca te van a publicar una línea, ¿igual seguirías escribiendo?

—Claro que sí —dijo Leticia—. Es que tengo que escribir. A veces no puedo evitarlo; tengo que escribir.

—Entonces sería perder el tiempo que me ponga a darte consejos. Si está en ti subir, debes hacerlo. Hay quienes deben levantar sus ojos a la montaña, pero no pueden respirar en el valle. ¡Sigue, sube!

»Bueno, toma tus cuentos y vete a casa.

Leticia se fue, todavía un poco asustada, pero extrañamente feliz detrás de su miedo. Se sentía tan feliz que su felicidad parecía irradiarse al mundo con un esplendor propio.

Al atardecer, Leticia se sentó en el jardín. Estaba inundado de un suave esplendor. En el cielo y en los árboles había delicados matices. Gaspar correteaba por el jardín. Estaba tan plena que tenía que escribir antes de regresar de su mundo de sueños al mundo de la realidad. Pero ante ella, sobre la mesa, había un cuaderno rojo flamante. Lo atrajo hacia sí, tomó el lápiz y, sobre la primera página, escribió:

Cuento de un gran amor.

En eso llegó Diego.

Leticia amaba a Diego. Por primera vez estaba segura de que sabía lo que significaba el amor. Lo que sentía por él era tan profundo que le abría todo un mundo de posibilidades. Así fue que apostó por el amor: se quedó al lado de Diego a pesar de sus miedos e inseguridades.

—¿No te parece que ha llegado el momento de que seamos algo más?

La hizo volverse para que lo mirara. A ella le brillaron los ojos. Sus labios se juntaron.

—Amor mío —dijo Leticia al recobrar el aliento—. ¿Crees que hemos hallado la fórmula secreta del amor?

—Tal vez. —Se encogió de hombros—. Pero, en realidad, creo que todo se debe a mi habilidad como cocinero.

Sobre la autora

Viviana Echenique nació en Tacuarembó (Uruguay) en 1986. Es licenciada en Neumocardiología y Enfermería. En la actualidad reside y trabaja en Montevideo. *Sombras del pasado,* su primera novela, supone su debut en el panorama literario.